정원도 시집

나는 그를 지우지 못한다

시선 192

나는 그를 지우지 못한다

인쇄 · 2024년 7월 5일 | 발행 · 2024년 7월 15일

지은이 · 정원도
펴낸이 · 한봉숙
펴낸곳 · 푸른사상사

주간 · 맹문재 | 편집 · 지순이, 김수란, 노현정 | 마케팅 · 한정규
등록 · 1999년 7월 8일 제2-2876호
주소 · 경기도 파주시 회동길 337-16(서패동 470-6) 푸른사상사
대표전화 · 031) 955-9111(2) | 팩시밀리 · 031) 955-9114
이메일 · prun21c@hanmail.net
홈페이지 · http://www.prun21c.com

ISBN 979-11-308-2162-7 03810
값 12,000원

푸른사상 시선
192

하고 걷는다더니 갑작스레 연락 불통 쉬쉬하던 사이에 종합해버
나는 옛 웃음은 그대로인데 나는 그를 지우지 못한다 우리

나는 그를 지우지 못한다

정원도 시집

고 [illegible] 건너다보던 해거름 노을 건너 사라진 지도 오래 명절 직전 고향 갈 채비로 들떠 있던 날 포클레인 바가지에
[illegible] 하다가 바가지가 흔들 하는 바람에 [illegible] 년 전 내가 낙상당한 바로 옆자리 내 [illegible] 정신이 혼나

| 시인의 말 |

이 시집을 읽을 독자들께 고백해야겠다.

여기에 실린 시들이 왜 앞서 낸 시집 『마부』 『말들도 할 말이 많았다』보다 먼저 창작된 시들이면서 시집으로 먼저 묶지 못했을까 하는 의구심에 대한 해명이다.

제2시집 『귀뚜라미 생포 작전』(2011) 출간 이후 기계 정비 작업 중 불의의 낙상 사고를 당하였다. 뇌내출혈로 오랫동안 병원 신세를 지게 되면서 향후 인지장애나 기억력 손상이 나타날지도 모른다는 의사의 경고가 있었다.

그런 다급한 우려로 긴 세월 가슴에 묻어둔 채 '언젠가는 써야지' 하며 미뤄두었던 자전적 이야기 시 『마부』를 쓰게 되었고, 주변의 독려로 그 후속편인 『말들도 할 말이 많았다』를 내었다. 그 바람에 10여 년이 지나서 두 시집 이전의 시들을 이렇게 정리하게 된 것이다.

내가 시인을 꿈꾸면서 품었던 나와의 약속인 '자전적 이야기 시'를 두 권으로 정리해낸 것을 큰 다행으로 여긴다. 다시금 내가 걸어가야 할 세계와 존재에 대한 물음에 묵묵히 성찰할 일과, 조발성 알츠하이머로 투병 중인 아내의 치유를 위해 헌신하는 일만 남았다. 이 시집을 내주신 푸른사상사와 맹문재 주간께 고마움을 전한다.

2024년 7월

정원도

| 차례 |

제2부

제3부

제4부

딱 1년만 일 더 하고 접는다더니 갑작스레 연락 불통 쉬쉬하던 사

[illegible]신 아직도 연락처를 뒤적이다 보면 스쳐 지나는 옛 웃음은 그대로

제1부

그를 지우지 못한다 우리가 곤충이 되어 선니다보면 해거름 노을 건너 사라진 지도 오래 명절 직전 고향 갈 채비로 들떠 있던

바가지에 올라타고 콘베이를 용접하다가 바가지가 흔들 하는 바람에 일 년 전 내가 낙상당한 바로 옆자리 내 드러누운 정신이

폭설

산다는 것이 괴로운 줄이야
심산심해(深山深海) 산짐승이나
물고기들이 먼저 아네

사나운 몰이사냥에 헤매어도 보다가
시린 무릎 나이테가 깊어질수록
썩은 물 지느러미가 길어질수록
자꾸 가벼워지는 나뭇잎 흔들어도 보다가
상처 난 꼬리지느러미 살랑대기도 해보다가

하느님도 외로운 저 겨울밤을 참지 못하고
희디흰 눈발을 자꾸 날려보는 것이다
눈알이 시리도록 쌓이는 눈더미 속으로
무너져 내리는 슬픔 참지 못하고

산비알마다 드러내지 못한 속내
아득히 숨겨보기도 하는 것이다

지렁이 같은 시(詩)

끈질긴 장마, 폭염에 잘못 들어선 길
순식간에 달아오른 염천 길 위로
우물쭈물하다가 막다른 길로 내몰린
지렁이 같은 시를

쓰다가 버리고 또 쓰네

파닥거리며 몸부림치는 꼴이라니
어디를 조급히 가다가 그 모양 되었나
처절한 길, 상형문자로 드러누워
되묻고 있네

아무래도, 아무래도 잘못 들어선 길
타는 몸 파닥이며
숨마저 타들던 지렁이
같은 시(詩)가

달아오른 콘크리트 바닥에

머리를 짓찧으며

피 철철 흘리며 그래도 가야 한다

꿈틀대고 있네

꽃들의 배꼽

꽃 진 자리는 꽃받침이 꽃이네
그 꽃받침마저 아득히 떨어지고 말면
여물어가던 고된 열매들이 꽃이네
꼭지마저 툭, 떨어지고 말면
잔가지 끝이 꽃이네

꽃 진 자리마다 바람으로 매달린
말씀 한 꼭지

그 배꼽이 환하게 웃고 있네
탯줄에 대고 앉은 작은 씨앗들이
꽃 떠난 자리마다
꽃받침 위에서 웃고 있네

눈꽃

바람 섞인 함박눈 밤새 퍼붓더니

겨우내 가지마다 혼신을 다하여 피워올리네

모든 꽃 다 피우게 하는 꽃

어느 꽃보다 먼저 피어나, 나중에 오는 꽃자리마저

갸륵하게 피워주고 가는 꽃

뒤에 오실 꽃 남 먼저 알고

그 길 앞서 여는 세례자 요한 같은 꽃

뿔

뿔은 모든 피워올리는 꽃들의 결론이다

갈 길 너무 멀어
멀미를 앓을 때
마주치는 사람들 이마마다
그 뿔 하나씩 돋아 있다

돌아보면 등 뒤에도
우직한 뿔 하나씩 솟아 있다
겨우내 가지치기 당한 버즘나무는
잘려나간 우듬지가 뿔이다
꽃 피기 전의 장미는 돋아난 가시가 뿔이다

사철 엎드린 눈향나무는 작은 바늘잎이
다 뿔이다
일제히 하늘 향한 목련꽃 봉오리가
다 뿔이다

완고하게 휘어진 봄 나뭇가지들이
다 뿔이다

뿔은 고독한 자의 머리 위에서 돋아나
그의 생애를 꽃피우는 고집이다

나는 그를 지우지 못한다

딱 1년만 일 더 하고 접는다더니
갑작스레 연락 불통
쉬쉬하던 사이에 증발해버린 당신
아직도 연락처를 뒤적이다 보면
스쳐 지나는 옛 웃음은 그대로인데
나는 그를 지우지 못한다

우리가 곤죽이 되어 건너다보던
해거름 노을 건너 사라진 지도 오래
명절 직전 고향 갈 채비로 들떠 있던 날
포클레인 바가지에 올라타고 컨베이어를 용접하다가
바가지가 흔들 하는 바람에

일 년 전 내가 낙상당한 바로 옆자리
내 드러누운 정신이 혼미할 때
구급차를 부르고 실어주었다는 그가
다시 실려 가서는

영영 돌아오지 못하는 자리

예순이 훌쩍 넘어 힘들어도
늘 웃는 얼굴로 조금만 더 하고 가야지 하더니
다시는 쓸모없어진 그의 연락처를
나는 끝끝내 지우지 못하네

낙상(落傷) 1
— 내가 고장 나 주저앉다

아무것도 기억나지 않았네

포탄 쏟아지는 전쟁터를 막 헤치고 나온 행색으로
고장 난 기계 옆에 털버덕 널브러져
내가 고장 나 주저앉았는데
황급히 달려온 거래처 누군가와
알 수 없는 몇 마디 교신을 끝으로 뚜——!

혼미해진 정신 줄이 끊어진 그 순간부터
막막한 의식불명이 시작되었고
구급차가 도착하고 의식을 깨워보니
무의식중에 스스로 일어나 들것에 눕더라니
눕더니 또 영영 기척이 없더라니

지방 병원을 거쳐, 서울로 향하던 중에도
머나먼 길 돌아오지 않는 의식은
또 어디를 얼마나 헤매었을까!
남편의 사고 소식에 까맣게 타던 아내가

허공에 매달려 초조하게 대기하던 응급실에서
사소한 기억조차
남김없이 사라진 이후

창문 너머로는 또 다른 생애가 재생되고 있었네

낙상(落傷) 2

— 조울과의 결별

바람도 없는 기계 위를 깃털처럼 날리더니 비몽사몽 지방에서 서울로, 입원 한 달 만에 퇴원 처방을 받는데

그놈의 약이 몸속에서 무슨 사달을 벌이는지 눈만 뜨면 무서운 망상이 닥치다가
눈만 감으면 하염없이 눈물만 쏟아지는데
이러다가 내가 무슨 짓을 할지 모르겠다고 의사에게 하소연하니 다급하게 바꿔준 약이

복잡한 뇌 회로 어디쯤을
우울에서 안도로 어루만져주는지

그 후유증 막 헤치고 나온 뇌 뒤편으로는 수시로 생쥐가 기어다니는 미세한 흔적이 감지되지만
목을 매달지 않아도 되는 조울(躁鬱)과의 결별이 다행인 밤
잠이 잠을 부르는 몽롱한 옛집 문고리만
자꾸 눈앞에 어른거렸네

낙상(落傷) 3
— 내가 그대를 기억하지 못하듯

고장 난 기계를 치유하다가 성급한 하느님의 호출에 불려갔다 온 후 생긴 이상한 증세
그대는 반가운 인사를 건네는데 나는 전혀 낯설기만 한 당황을 감추다가 급기야는 탄로가 나 안절부절못했네

내가 당연히 당신을 알아봐야 하는 사정과는 전혀 상관없는 뇌의 작동 불량이라니, 가슴 일렁이던 여인조차 몰라보는 현상이라니, 마침내 가 닿고 싶은 곳을 처음 만난 눈빛처럼 사로잡힐수록 낯설어지는 역설이라니

무성하던 나뭇잎이나 꽃들을 떠나보낸 겨울나무처럼 내가 그렇게 당신을 떠나보낸 순정이었을지도 몰라
지금 내가 그대를 기억하지 못하듯, 훗날 어느 별에서 다시 만난 그대가 나를 기억하지도 못할 것처럼

낙상(落傷) 4
— 의식 돌아오다

고장 난 기계 위를 맴돌다 추락했지
꽃잎 한 장이 낙하하듯
피멍 든 뇌가 어딘가 불려갔다 온 사이
그때 멍하니 앉았던 호숫가는
이승에서는 전혀 가본 적 없는 곳

누가 이런 낯선 곳에 나를 부려놓고 갔을까?

백발의 턱수염을 휘날리며 노 저어 온 노인이
측은한 눈길로 어서 따라오라 손짓하는데
바라보다 영상이 툭! 끊어지며 의식이 돌아온 곳이
며칠째 의식불명을 지켜주던 병실

그래 누구나 한두 번씩은 이런
무지막지 나락으로 떨어져 내리기도 하지

저 날리는 눈발조차

제 무게를 어쩌지 못하고
텅 빈 나뭇가지나 굶주린 능선 위로 어질어질
낯선 삶을 내려놓기도 하지

월문리(月門里)

허리 펴고 하늘 한 점 바라볼 틈 없도록
널브러진 기계 속이 어지러워 어두워졌는지도 모르다가
별빛이 내려와, 흙먼지 뒤집어쓴 얼굴을
벌처럼 쏘아댈 때야 알아챘네

달에도 들어가는 문이 있어서
쏟아지는 달빛이 모닥불처럼 어둠 지펴 올릴 때
그 문 통해 내려온 무수한 정령들이
야근에 지친 몸을 토닥여주었네
내려오는 시간이 따로 없으므로
돌아갈 일도 없이 지새워도 좋은

설국 같은 배꽃이 흐드러지게 피던 밤
월문(月門)을 통해 내려온 달빛에
배꽃도 곱절로 빨리 피어나듯
내 아프던 허리 어깨도 곱절로 빨리 아물었네

뇌를 앓다

밤낮없이 퍼부어대는 폭설이 얼키설키 쌓인 나뭇가지들의 복잡한 행로를 보노라면 하느님도 뇌혈관이 막혀 어칠비칠 길을 잃었을까, 목 잘린 가로수들 시도 때도 없이 하품해대며 온몸에 버짐이 돋고

나뭇잎 떨어진 앙상한 가지들 영락없이 미세한 뇌혈관 어디쯤이 콱 막혀 행로마저 희뿌여니 끊긴 채 몽유병자처럼 맨발로 별 밤 헤매던 발바닥이 저려와

심장마저 멎을 듯한 호흡곤란에 푸른 피도 감돌지 않는 앙상한 숲이 생기를 버린 지도 오래, 하느님도 대수술을 감행하는지 폭설이 천지를 뒤덮는 새하얀 밤이었네

피안의 언덕

연탄가스가 밤마다 스멀스멀 스며들던 골방이었지
멀고 먼 정낭 길 영문도 모른 채 쓰러졌다가 돌아와 눕던 밤 저문 강 건너는 검은 도포 사내의 손짓을 따르다가, 거센 물살에 허우적대다 미끄러지는 바람에 필사적으로 강바닥을 기어 되돌아오던 중이었지

이상한 낌새를 눈치챈 셋방 아주머니가 끙끙 언 초겨울 평상에 눕혀놓고 벌건 김칫국물에 암울한 달빛까지
밤새 얻어 마시고야 겨우 되살아났네

얼어붙은 연못에 빠져 죽을 뻔한 날도 잘 넘겼는데

느닷없는 낙상으로 지방에서 서울로 구급차에 실려 오던 중일까, 비몽사몽 병실에 누웠을 때일까, 지극히 고요한 피안의 언덕에 앉았는데
조각배도 낯선 백발의 노인이 노 저으며 다가와 측은한 눈빛으로 어서 오라 손짓했고

또 몇 날이 흘렀을까, 의식을 깨고 보니
노모와 아내가 번갈아가며 아득하니
숨 막히는 병상을 지키고 있었네

투약

뇌혈관 투약을 받은 지 1년
이놈의 뇌 속에는 무엇이 문제인지
복용한 약들은 들어가기만 하면 행방불명

기상할 때마다 헷갈리는 오른쪽 뇌는
잘못 굵어진 호두 알처럼 속이 덜거덕거리고
생쥐가 뇌 속을 돌아다니며 갉아대듯 사각사각
불길한 예감이 엄습하는데

세계는 아무리 투약을 하여도
낫지 않을 증세들만 난무하듯이
나의 뇌는 자꾸만
오른쪽 손발이 어둔해져왔네

거룩한 노동

계절마다 처연하게 피워올리는
빨강 동백꽃, 노랑 고들빼기, 하얀 냉이꽃
꽃들도 쓰디쓴 노동을 하네

나무들도 풀들도 거친 바람에 제 몸을 흔들며
열심히 수액을 뽑아올리고

이 나무에서 저 나무로 쉴 새 없이 나무를 타며
아슬하니 도토리 물고 거꾸로 내려오다 낙상하여
풀잎 잎새로 깁스 한 다람쥐 청설모도
재해를 당하기도 해

길 끊긴 절개지 위태하게 돌아 나오며
겁에 질린 채 착한 눈망울을 굴리는 산노루도
살길 찾아 끊임없이 경계하고
연신 두리번거리며 먹이를 다투는 물고기 떼도
젖은 눈의 거룩한 노동을 하네

박 터진 날

컨베이어 아래 숙이고 있던 허리를 펴는 순간
온몸이 감전된 듯 전율이 덮치더니
날카로운 철편이 콱!
정수리에 꽂히고야 말아

모자를 벗는 순간 와르르 피가 쏟아지고
기름투성이 기계도 제 몸조차 뒷전
산기슭 참새들도 화들짝 놀라
떡갈나무 그늘 사이로 숨었지

찍혀지고 파헤쳐진 슬픔도
벌어진 정수리 속에 욱여넣고 기웠을까
안쓰러운 눈으로 지켜보는 철쭉꽃
절망 한 무더기도 욱여넣고 기웠을까

세상은 나보다 더 심하게 박 터진 채로도
어기적대며 처박혀가며 저만치 잘도 굴러가네

딱 1년만 일 더 하고 접는다더니 갑작스레 연락 불통 쉬쉬하던 사[illegible]
[illegible]신 아직도 연락처를 뒤적이다 보면 스쳐 지나는 옛 웃음은 그대로[illegible]

제2부

그를 지우지 못한다 우리가 곤충이 되어 신나다보면 해거름 노을 건너 사라진 지도 오래 명절 지전 고향 갈 제비로 들떠 있던
[illegible]가지에 올라타고 곤베이를 용접하다가 바가지가 흔들 하는 바람에 일 년 전 내가 낙상당한 바로 옆자리 내 드러누운 정신이

귀뚜라미 재회

귀뚜라미도 저만의 글자가 있어
우거진 숲속 어디에다 숨겨두는지

달력에 입추라 적힌 날이 다가오자
달빛조차 까무러치던 낙상은 기억조차 사라지고
병실에서 막 깨어난 귀에 들려오는 기계 호출음이
가을을 물고 오는 귀뚜라미 울음인 양 아득해

오리무중 아들의 부상을
보살피던 노모가
예전이면 벌써 잡도리했을 귀뚜라미를
불편한 몸으로 사로잡아 창문 너머로 날려 보내고

훨훨, 달아나던 귀뚜라미
달력에 적힌 입추라는 두 글자를
냉큼 입에 물고 사라졌네

물은 언제나 수평을 지향한다

기계 수평 검사를 하다 보면 알게 된다

물은 언제나 수평을 지향한다는 것을
여기 바닥에서 저기 높이까지
거리가 아무리 멀거나 굽이굽이 꺾여져 있어도
물은 어김없이 수평을 지향한다

투명 호스의 물이 통로를 따라 움직이며
호스가 높아지면 저를 낮추고
호스가 낮아지면 저를 높여
서로의 가슴 높이를 맞추려 한다

파도가 뭍으로 뭍으로만 밀려드는 짓도
먼바다에서 가장자리로 됫박을 쓸듯
가차 없이 수평을 맞추려는 짓도

불멸을 터득한 종(種)들의 팔만대장경이다

양말 한 짝

텅 빈 길모퉁이에 누워 계셨네
벗겨진 양말 한 짝은 나뭇잎 사이에 포개진 채
긴긴밤 겨울바람에 얼마나 눈물, 콧물 훔쳤는지
얼룩진 몰골로 엉거주춤

만취한 사내 하나 비틀대며
서녘 하현달 등에 지고 귀가하다가 담장이 옷장인 줄 알고 윗옷 걸쳐두고 양말까지 고이 벗어 머리맡에 모셔둔 채

혼잣말로 시부렁대며
아스라이 은하수 건너는 꿈 헤매다가 오한 드는 이슬에 화들짝 놀라 달아나며

해독 불가의 상형문자를
달빛조차 얼어붙은 허공에 타전하는 것이다

낙오자(落伍者)

— 김수영 시인의 구사일생

수영 선생 의용군으로 붙잡혀 가다가
도망치던 와중에,
며칠째 굶었는지 입은 옷조차 찢겨져 헤매던 중
천신만고 끝에 소련군 행렬을 만나
낡은 군복 얻어 입고 또 쫓겨 다니다가

그 군복 때문에 붙잡혀 간 곳이
피 튀기는 총살이 상수리 숲을 울리던 밤
거꾸러진 구덩이 속 어디쯤이었을까

아득하니 나갔던 정신 줄 다시 붙잡으니
피비린내 진동하는 시체 더미, 썩어가는 악취에
코가 함께 문드러지며 눈이 떠지더라
죽지 않은 눈이 떠지더라는 것이다

어깨 살짝 비껴간 총상을 입은 채
그 총살형 누가 집행한 것인지는 두고두고

일체 발설하지 않았다네

* 김수영 시인의 미망인이신 김현경 여사가 구순을 앞두고 회상한 사연을 직접 듣고 씀.

장롱

티브이에서 한 단정한 남자가
납골당 중년 여자의 영정 앞에서 슬피 우는데
글자를 모르는 노모님
저 장롱은 뭐꼬? 물으신다

맞다 저 몸들, 살아서 입던 옷
돌아올 기약 없는 먼 길 떠날 때
누구라도 벗어두고 떠나야 하는 옷 남김없이 태웠다가
항아리마다 모셔둔 장롱이다

느티나무 등걸에 걸어두고 떠난
매미들 허물처럼
지상에 머무는 동안 잠시 빌려 입었다가 서둘러 남겨두고
떠나야 하는
참 잘생긴 옷, 때로는 참 가혹하기도 한
옷이다

그 옷 살뜰히 챙겨주던 그녀 먼저

떠나보내면서
겨드랑이마다 감추었던 속내마저 남김없이 태웠다가
밀물 같은 슬픔이 덮칠 때마다 찾아와
꺼억, 꺼억, 목놓아 들추어내보기도 하는 것이다

깃털 하나

가지치기 당한 벚나무 상반신이
전깃줄에 엉킨 채 한쪽으로 기우뚱
몸통의 반이 톱질 당하고
잘려나간 뒤

불타는 정오의 그늘도 반만 드리워진 길 위로

뒤뚱거리며 흘리고 간 깃털 하나 주워
빈 화병에 꽂아두며
인적 피해 야반도주한 산비둘기
붉은 다리를 생각하네

누구나 살면서 좌충우돌하다가
고비마다 빠트리며 달아나는 그것
돌아보면 성한 곳 한 군데 없이
갈비뼈 부근으로 다시 시큰거려오는 그것

벚꽃도 점심 먹으러 간 사이

벚꽃도 바쁘게 피다가 잠시
점심 먹으러 간 사이
화창한 햇살 너머 벽지 가게 아내에게
밥 먹자 전화를 걸었더니

수명 다 지난 봉고차 덜커덩거리며
못 박으러 간 인부 기다렸다가 함께 가겠다는 전갈
피다 만 벚꽃 그림자 덤으로 싣고
이삿짐 털털거리며 내려오는 사다리차

까탈스런 도시의 못을 박아주는 일이란
어디로 튈지 모르는 위태로움을
차마 견디는 일

저 완고한 수구가 되어 침묵하는 벽보다
더 완고한 인내로 못을 박아내는 일이네

미수금 대책회의

착한 미수금은 변제될수록 잠이 잘 오지만
나쁜 미수금은 지체될수록
불면의 밤이 깊어지지

채권자들 우루루 사무실에 둘러앉았는데
마주하는 채무자 눈길이 더 당당해
사무실 건너 배 밭 가득 새하얀 배꽃들도
돌려받을 빚이 막막한지
창틈으로 끼어드는데

고약한 미수금은
고의로 파산한 후에 이름을 바꾸어 달고
이전의 채무는 떼먹거나
빚잔치로 정리하고 다시 시작해

나는 가벼운 햇살조차 숨이 막혀
나무 그늘 조금 얻어 앉는 것도 미안해

그런 질긴 돈은 받을 재간이 없어

타는 목 기약 없이 빈손으로 돌아오네

연탄

연탄은 제 몸에 왜
저리도 많은 구멍을 뼈아프게 내야
잘 타는지

내가 연탄처럼 속이 새까맣게 타들며
온몸에 구멍이 난 채
밤 지새워 누군가를
데워보지 않았을 때는 몰랐네

19공탄 구멍 뚫린 몸끼리
진저리 치도록 함께 불타다가
벌겋게 달궈진 집게에 집혀 올라오면서도
서로 떨어지지 않으려던
불타는 응집력

어둠이 투창처럼 완고하던 한겨울 마당
숭숭, 내가 구멍 뚫린 심장이 되어 죽은 듯이
드러누워서야 다 보았네

비둘기 다리가 붉은 이유 2

바람도 발길 드문 아파트 공터
아내가 늘어놓은 붉은 고추 더미 위로
산비둘기 따가운 햇살 총총 내려와
매운 고추씨 다 파먹고 있네

그래, 산다는 것은 수시로
매운맛에 혀를 구르며 부르튼 입술
깨물어도 보는 일이지
달구어진 부리는 식힐 겨를도 없이
가벼워진 내장일랑 독하게 추슬러가며

붉게 터진 고추 속
참아 쪼고 또 쪼아대다가
달아올라 가늘어진 두 발일랑 풀숲에 감추며
별일도 아닌 듯이 종종걸음 심호흡
쓰디쓴 혀를 굴리며

숨 막히는 도시 차마 견디는 일이네

한 지붕 공존법

버려진 것만 보면 주워 오는 나의 습관은,

강변을 걷다가도 무심한 돌을 주워 오고
숲을 지나다가도 잘생긴 나뭇잎은 데려오고
산비둘기 화들짝 달아나며 떨어트린 깃털도 품어 오고
남이 키우다 버린 분재마저 품어 오고

소용없는 것들은 죄다 내버리는 어머니의 습관은,

입 없는 돌은 화단에 내던져지고
말라 부스러진 나뭇잎은 창밖으로 날려 보내고
고적한 깃털은 쓰레기통 속으로 처박히고
숨 헐떡이는 분재는 바로 뒤엎어 빈 화분만 남기네

어머니는 나보고 쓸데없이 주워 온다고 나무라고
나는 어머니보고 가차 없이 내다 버린다고 항변해

살아날 것만 거두는 단호함과

죽어가는 것도 품으려는 측은함이 벌이는
한 지붕 공존법이네

꿈틀대는 형체 하나

밤비 맞아 더 새까매진 벚나무
화사하던 꽃잎, 검붉은 버찌 땅으로 다 돌려보낸 뒤
어둠 속 쓸쓸히 그냥 서 있을 뿐이었는데

그 아래 빗물 구덩이에 드러누워
꿈틀대는 형체 하나
부축할수록 주저앉는 역겨운 취기를 떠메고
겨우 수소문 집을 찾았더니

문밖으로 불쑥 나타난 낡은 여자가
'그냥 두지 왜 데리고 왔느냐!' 거꾸러지는 노구를
화난 집 안으로 욱여넣는데
흙탕물 얼룩진 버찌 물도 따라 구겨졌네

좋은 소리 나쁜 소리

가문 나뭇잎 숲에, 빗줄기 뿌리는 소리
연못 가득 핀 연꽃 사이로, 환한 달빛 가는 소리
노동자들 일한 통장으로, 즐거운 월급 들어가는 소리
지친 새벽 출근길, 달그락 밥 챙겨주는 소리
젖 달라고 보채는, 아기 칭얼대는 소리
굶주리는 나라로, 소박한 밥 보내는 소리

과속하는 자동차, 급정거하는 소리
자정 지나 다급하게, 구급차 내달리는 소리
인적 끊긴 칠흑 같은 골목길, 여인네 비명 소리
술 취한 남녀, 횡설수설 심야에 다투는 소리
항거하는 촛불들, 마구잡이로 닭장차에 가두는 소리
꼬리 물고 피 터지는 살육에, 내전 깊어가는 소리
강대국이 약소국 기웃거리며, 정복의 수작 벌이는 소리

이불 널기

얼마 만의 외출인가
허름한 이불 홑청 울러메고
운동 사라진 지 오래인 평행봉에 널러 가는데
키 큰 아까시 꽃그늘이 먼저 따라와 눕네
산비둘기 울음도 따라와 눕네

민들레, 질경이, 토끼풀밭
분주하던 벌 나비들 날아와 밥상을 차리고
허리 휘도록 만개한 넝쿨장미꽃 향기도
고단한 이불 속으로 스며드네

얼마나 깊이 울면 저리도 붉어질까
가을 단풍을 예비하는 까치들과
휴일도 없는 아내의 고단한 인테리어와
기계 굉음으로 낡아진 내 고막 속 환청까지
한 이불 속으로 파고들고

그 이불 함께 덮고 자는 것은

벌 나비 꽃그늘 향기와 아내의 노고까지
다 안아주는 일이네
까마득히 오래전부터 해오던 일인 양

능원리(陵原里)*

교차로 다급하게 돌아나가다가 튕겨 나갈 뻔
경사지에서 놀란 참새들이 후두둑,
성에 낀 차창을 때리며 달아날 때 퍼뜩
떠오르는 암시

개성 선죽교에서 철퇴 맞아 죽은 포은의 상여가 머나먼 경상도 영천 고향으로 내려가다가, 하필이면 이곳
새 도읍 한양 지척에서 꼼짝도 하지 않아 제를 모시니 비로소 다시 움직인 곳에 묘를 썼다는 혁명 세력의 전략이
새벽안개 무성히 차벽을 치고 감시하는 곳

몽주가 시신으로 낙향할 때의 지역 반란을 의식한 암장일 터
동녘 산등성이 위로 붉은 해 희뿌여니 솟고

허둥지둥 차내 라디오 뉴스에선
중국 공연 직전의 모란봉악단이 수소폭탄설의 뒷말에 묻혀

돌연 북한으로 철수하고, 오리무중 남한은
사분오열의 진보가 암장되었네

* 능원리 : 경기도 용인시 처인구 모현면 능원리, 정몽주의 묘가 있는 곳.

고등어 한 마리

늦은 밤 지친 행색이 돌아와 누운 자리에
흐물흐물 비린내가 먼저 기상하는
맞벌이 아내의 불 켜진 주방이 미안하다

역겨운 음식물 쓰레기통 속에는
고등어 대가리 하나가 묵언 수행 중
노여운 기색 하나 없이, 입 앙다물고 두 눈 부릅뜬 채
노릿노릿 구워져 식탁 위에 바친 몸

그 흔한 항거 하나 없이
절규조차 없이
버티다 감당하다 끝내 나가떨어져
급기야는 위급하게 병동으로 실려 온 몸

살점 다 발라 먹고 뼈만 남은 몸짓으로
공양을 막 끝낸 한 생이 돌아가자 하네

제3부

파산

거래처 현장 작업 갔다가 만났네
내가 반야월에서 포항으로 일자리 찾아 떠난 때
그는 포항에서 대구로 일 따라 왔다는

걸출한 인물이 일용공으로 전락한 사연인즉,
덩치 큰 건설회사 사장으로 화려하던 형에게 업혀
아이티 사업까지 손댔다가 한 방에 날려먹고
막노동 밑바닥으로 전락
흙먼지 기계 사이로
기름때 찌든 작업복에, 낙석 청소 중

허겁지겁 노동에 함몰되다가 돌아온 밤
이것도 참아내지 못하면 나도 저리 파산당하지
괴물처럼 덩치 키우기에 급급하다가 파산한
그의 형을 떠올렸네

하루 맹인

매서운 초겨울 바람에
꺼질 듯 타던 용접 불꽃이 까치집을 지었는지
충혈된 눈뿌리를 긁어대

흙먼지로 조급해지는 달빛에 누워
시린 사과즙을 짜 넣어도 못 견뎌, 도저히 못 견뎌

송두리째 뽑힐 듯하던 두 눈을 감싼 채
머나먼 병원까지는 어떻게 당도했는지도 몰라
어기적대며 감내할수록 곤두서던 핏발
극한을 넘나들던 통증과의 사투

마침내 양쪽 눈을 거즈로 봉한 채
하루 맹인이 되고서야 응급실 문밖을 나서며
지팡이 끝으로 예감하는 길 아슬아슬
나를 더듬어 걸었네

국밥

식어가는 국밥을 다급히 밀어 넣는다
어릴 적 잔칫집 과수원 귀퉁이에 걸쳐놓은
큰 가마솥, 감칠맛 나던 기억은 어디 가고
매운바람이 작살처럼 흙먼지를 쏘아대는
낡은 기계 뒤편에 쪼그리고 앉아

한 국자씩 식은 밥 위로
뜨거운 국물을 부으면
싸늘한 숟가락으로 전해 오던 온기에
얼어붙는 손가락조차 펴지지 않고
황급히 욱여넣던 국밥이 쩍쩍, 입천장에 달라붙어

밤을 넘겨서라도 끝내야 할 정비에
날아드는 흙먼지, 칠흑 어둠조차 입속에 버적거리고
솥에 담긴 자루 긴 국자가
시야를 가리는 뜨거운 김에
저 먼저 시퍼렇게 질려가고 있었네

식은 밥과 칼국수

공사현장 돌다가 밤늦은 귀가에도
우리는 별 이의 없이 식은 밥조차
고맙게 잘 나눠 먹는데

생선이나 젓갈류, 된장은 입에도 못 대고도
팔순 고개 훌쩍 넘기시는 어머니는
누가 먹다 남긴 불어터진 칼국수 다시 끓이는데
늘 음식이 과하여
위장 밖으로 넘치는 분쟁의 씨앗이 되고

식은 밥과 칼국수가
어느 것이 더 해로운지로 다투다가
등 돌리고 누운 고부(姑婦) 사이로
우물쭈물 창문 너머로 새어드는 달빛 별빛도
밤을 건너는 일이 곤혹스러운지
저 먼저 찬 방바닥에 드러눕고

어머니는 연이틀 연락조차 끊은 채

어디서 잠을 청하는지는 알아도 모르는 척

예수 부활처럼 사흘 만에 되살아오는 가출 행사는

무조건 먼저 속죄해야만 사함을 받는

순한 예절이네

벽지 배달 간다

벽지 배달 간다
아내 차 조수석 짐꾼이 되어 따라간다
차도 다니지 못하는 좁은 길

가파른 오르막길 옆으로
질긴 등뼈를 자랑하는 환삼덩굴이
낡은 지붕을 덮은 집
찢어진 방충망 사이로 허술하게 내걸린 옷가지들이
노숙자처럼 옷깃 풀어헤친 채
빈집을 지키고

폐타이어 쌓인 공터 맨드라미 떼가
붉은 옹고집처럼 버티는 저녁
배달된 벽지가 노쇠한 벽에 기대어 잠시 쉬는 동안
아내는 구멍 난 장판 바닥을 자로 재고
나는 엉거주춤 조수로 대기

바랜 불빛 등진 채 낙담하는 가로등 아래

끈질기게 타고 오르는 담쟁이 등뼈도 굳세다

떠나간 웃음을 뜯어낸다

이사 간 빈집
때 찌든 도배지를 뜯어낸다
장마에 젖은 버즘나무 그늘과 습한 곰팡이가
아파트 내벽에 세 들어 사는 집

한바탕 소나기가 퍼붓고 가면
금 간 벽마다 스며든 빗물이 벽지를 물들이고
묵은 가구들도 휑하니 달아나고
근심만 덕지덕지 눌어붙어 있는 집

그래도 아이들 방만은 알록달록
벽지마다 간신히 매달려 웃고 있다

지금은 어디에서 저, 저!
엄마 치마 끝자락에 매달린 웃음꽃

피우고 있을까

떠나간 웃음을 뜯어낸다

노크 귀순*

셋방 여자와 남자의 옥신각신 언성이
다급한 심야의 벽을 넘더니
잠든 방문을 밀치고 숨어들던 기척

화들짝 놀란 이불을 젖히고
귀순 청하는 여자를 재워주었더니
어라, 날이 밝기도 전에 화해가 되었는지
새벽부터 된장찌개 끓이는 냄새

그래, 총 대신 노크를 해야지
간밤 부부가 티격태격 옆방 방문을 두드리듯
아쉬울 땐 서로 귀순도 하고
재워도 줘야지

철책을 넘던 새가
부리로 창문을 두드리듯
비무장 지대를 넘는 산노루 하현달도

소초 창문을 노크하며 넘네

* 노크 귀순 : 2012년 10월 2일 북한군 병사가 철책을 넘어 일반 소초의 문을 두드리고 귀순한 사건.

낙인(烙印)

가혹한 노동의 속도에 대해
불만을 토로하지 말라
그 불만을 글로 유포하지 말라
그 글로 불순분자가 되지 말라

수면을 대폭 줄여가며 조직에 충성하라
통제는 지극히 자발적이고 음성적이며
통제가 아닌 듯 통제하라

감히 불평은 논할 틈도 없게 하라
한 번 쫓겨나면
다시는 보장된 혜택의 대열에
합류할 수 없도록 하라

아무리 밤 지새워 심신을 혹사시켜도
가족적인 위안이 자신을 지켜준다는 암시를
주입하라

세계는 늘 억지 쓰며
무력을 행사하는 자들이 지배한다
고요와 평화를 원하는 자들은 단호하게
게으름과 나태로 단죄받도록 하라

은밀하게 강요하는 줄도 모르게 하라

우울한 낙화(落花)

황사 바람이 눈을 할퀴는 겨울 기계 정비
사방으로 흩날리는 용접 불꽃이
바람에 사그라드는 꽃잎처럼 간절하다

눈뿌리 깊숙이 용접 화상으로
모래밭 굴러가는 통증이 엄습하는데

자정 넘어 변두리 공장, 병원은 멀고
어수선한 숙소 모퉁이에 찌그러져 누워
짓물러오는 눈알에 사과즙이나 짜 넣으며
가야 할 길 막막한 줄

충혈된 두 눈이 먼저 알고 견뎌
코앞조차 분간할 수 없는
시야를 가리며
밤 벚꽃도 하르르 저 먼저 무너져내렸네

농성

혹한을 견디던 기계가 마침내 퍼질러 앉았다

얼어붙은 산동네는
아침이 지나도 해조차 떠오르지 않고
얼음장 밑으로 흐르던 물소리도
졸아들어 얼음장이 자꾸 두터워졌고

기계 속을 할퀴고 가던 칼바람도
고장 난 신음을 알아듣는지 깨지는 쇳소리를 내고
끈질긴 땀 세례를 받으며 기계가 완치되어갈수록
너덜너덜 정비하던 몸이 더 망가지고
며칠이 멀다 하고 쏟아지는 함박눈에
드문드문 오가던 사람들도
고장이 덧난 걸음걸이로 기어가고

폭설은 선불리 질주하는 세상에 일대 타격을 가했다

몽키*

기름때 찌든 아가리 쩍 벌리고
힘에 겨워 풀린 볼트만 보면
사력을 다해 조여준다
밤낮없이 볼트 물고 누벼댄 수십 년에
지친 아가리가 다 문드러져

모닥불 피우고도
발뒤꿈치가 얼어붙는 현장
얼마나 많은 해머에 두들겨 맞았으면
그 단단하던 등이 다 일그러졌을까

끊어진 이음새는 이어주고
벌어진 틈새는 메워주고, 조여주며
닦아주는 일이 업이던 사내의 비뚤어진 어깨가
해거름 빈 하늘가에 걸렸다

* 몽키 : 볼트류를 조이거나 풀 때 사용하는 기계 공구류의 하나인 몽키 스패너의 줄임말.

야간 정비복

후줄근한 야간작업에 축 늘어져
달조차 반쪽이 된 얼굴로 중천을 넘는 밤

속눈썹에, 콧구멍까지
흙먼지 기름때로 스컹크가 된 정비복에
사타구니에 모래가 서걱대도
기계 뒤편에 쪼그리고 앉은 고들빼기들도
온몸에 쓰디쓴 노랑물이 들었을까

불량 채권자 같은 야음에
때 찌든 정비복이 포위당해도 좋아
나는 끝끝내 우울할 틈조차 없이
기계와 한 몸이 되어 얼싸안고 뒹굴어야 했네

코끼리 노동자

덩치로 치면 산만큼 우뚝한 코끼리 노동자
구경꾼이 몰려들수록 불면의 밤이 깊어갔네
바닥에 엎드린 인간 장애물을
아슬아슬 밟지 않고 건너거나, 구걸하거나
관광객을 태운 트레킹에
쉴 새 없는 벌목에

혹독한 추위가 기다리는
머나먼 대양 건너로 강제 이주
싸늘한 콘크리트 바닥에 내팽개쳐진 사료를
생채기 난 코로 쓸며

상아는 뿌리 뽑혀 중국으로 밀반입
긴 코는 훌라후프를 돌리고
붓으로는 먹물 한 점 흘리지 않고 점을 찍거나
사람을 안마하거나, 농구공을 던지거나
음악에 맞추어 쓰러지거나, 우스꽝스런 연기에

불훅* 뾰족한 갈고리가

항문과 민감한 귓불을 찔러대는 조련마저

통과해야 해

* 불훅(bull hook) : 코끼리를 조련할 때 쓰는 연장.

증발(蒸發)

기계와의 동거 30여 년에
숨소리만 들어도 어디가 아픈지 아는 사이

오일 공급이 중단되어 고장 난 기계는
숨 멎은 사람처럼
인공호흡도 소용없는 밤

죽은 기계와 나뒹굴다가
지칠 대로 지쳐 기계 앞에 서면
시도 때도 없이
증발되고 싶어지는 나는

그래도 아직은 아무에게도 목격되지 않았네

정규직과 비정규직 사이

한 나무가 꽃을 피우는 데도
정규직과 비정규직 나누어 핀다

양지바른 곳이나
바람 좋은 곳에서 피우는 꽃은
정규직으로 활짝 잘도 피고

그늘진 가지 끝이나
바람도 길이 막힌 막다른 구석이나 겨우
비집고 앉은 꽃자리는 늘 시들하니
제대로 피워보지도 못하는 비정규직

화려하게 꽃을 피우는 벚나무들도
양지꽃과 음지꽃의 차별은 어쩌지 못한다

제4부

입술이라는 배

아침 양치질 중에 우연히 거울을 들여다보는데,
입가에 묻은 치약 거품이 망망대해 파도의 포말로 보이다가 붉은 입술이 위태롭게 부침(浮沈)을 반복하던 조각배처럼 보여

어린 재롱조차 못 보고 상여가 된 어머니와, 겨를도 없이 뒤따른 아버지와, 마지막 화전민이 된 누이마저 길 끊긴 재 너머로 휘이 날아가버려 난파될 형국이던 먼바다 우두커니
50여 년을 함께 살고도 여전히 너거 집이라 칭하는 또 한 어머니와, "내가 아니면 살아줄 여자가 없을 거다"며 동행을 자처해준 아내와, 침몰 위기의 배를 지켜준 아이들과

무의식중에도 자꾸 꼬리가 처지는 입술을 향해 "팔자는 길들이기 나름"이라는 채근을 떠올리며 날마다 거울 앞에서 웃는 연습을 하는 입술이나마 간절히 기다리는 당신에게 띄워 보낸다

대청호 찔레꽃

대청호 찔레꽃은 하도 눈물이 많아서

비스듬히 누운 꽃 그림자가

호수 밑바닥까지 몸을 흔들며 걸어 들어가는 정오

풀빛마저 그렁그렁 그리움 깊디깊어

까마득하던 호숫가 긴 가뭄에 큰물 빠지니

초원에 남은 빈 배, 숨 가쁘던 그림자는 다 어디 가고

마른 뻘밭 자욱이 아련한 풀 향기 멀고 머네

참새 식구들의 아침

참새 식구들도 아파트 세 들어 사는지
막 이사 나간 에어컨 호스 구멍 속에서 불쑥 나타나
몇 번 고개 갸웃 꼬물대더니
아파트 건너 감나무께로 쏜살같이 사라진다

보일 듯 말 듯 까마득한 허공에
엄지손가락 하나 겨우 들어갈 콘크리트 구멍이
그들의 집이 될 줄은 아무도 몰랐으므로
음식물 쓰레기통 주변이나 기웃거리다가 날아와
부리에서 부리로 먹이를 건네는 참새 식구들이
안주할 둥지가 없네

새벽이슬에 젖은 참새가
햇살보다 먼저 전깃줄에 앉아 몸을 말리다가
빨랫줄로 옮겨 앉으려는 찰나!

슬픔도 옹벽처럼

아무리 완고한 옹벽도
군데군데 배수구를 뚫어두지 않으면
흐르다 막힌 폭우가 고이고 고였다가
콸콸, 마침내 무너지고야 말듯

슬픔도 옹벽처럼
드문드문 흘려보낼 배수구가 필요해
견디다 차마 견디지 못하고
무너져내린 억장이 홍수로 범람하면

슬픔도 터진 봇물처럼
일거에 대지를 쓸어버리기도 하지

뇌 먹는 아메바

확대 현미경에 나타난 모습이 꼭 메기 같네
뱀의 혀를 날름거리며 물에서 서식하다가
물놀이하는 소녀의 코로 들어가
단숨에 뇌를 갉아먹었다니

감염 치사율이 십억 분의 일이라고
익사에 비하면 희박한 확률이라고 방심하는 사이
그런 흉측한 미물까지 창조되는 저의에 몸서리친다
유인원의 두개골을 따고
숟가락으로 뇌를 파먹는 잔인한 종에게 내리는
천벌이다

혹이라도 당신의 뇌가
그 아메바에게 파먹히지 않으려면
수상한 공장 폐수나 짐승의 뇌를 파먹은 배설물로
오염된 하천에서 멱을 감지 말라
멱을 감으려거든, 그런 오염을 방관하지 말라

구름 이사

이삿짐 사다리차가 새벽어둠 뚫고
덜커덩 뒤뚱거리며
상심한 구름 떼 덤으로 싣고 내려오네

고달프게 옮겨 다닐수록
부서지고 흐트러진 허드레가 태반
못 쓰는 프라이팬이 다급하게 뒤집힌
옷걸이마다 매달린 옷가지가 막무가내 뒤엉킨
미결의 수난들이 낡은 세탁기 안에 가득

생활에 찌든 그녀의 일상이 내려오네
자식들 입시 지옥 상흔이 내려오네
아득바득 버텨온 남편의 작업복이 내려오네
그들의 눈물, 상심이 켜켜이 묵혀져 내려오네

구름 싣고 내려오는 사다리차 몇 번이면
멀어진 꿈이 채워질까
보따리마다 불면의 뭉게구름이 뒤척이고

부러진 책상다리에, 기우뚱 앉은 자질구레가
스크럼 대열로 농성하네

극우의 통치 방식

맞벌이 아내와 어머니가
앞장서 가게로 나가며
더 업무가 다급한 아들보고 설거지에, 세탁기 끝나면
빨래 널고 나가라 분부하네
휑하니 뒤도 안 돌아보고 달아나며 명하네

뒤죽박죽 속옷에, 철 지난 외투에, 브래지어에
웬 착용하는 갑옷 일체는 저렇게 많은지
건조대 빼곡히 들어찬 햇발은
비집고 들어올 틈도 없는데

알록달록 이념 없는 패션이 난무하고
빨랫감 줄이려는 나의 의지는
누추한 양말 몇 켤레밖에 없어도
연로한 권위가 독재인 줄은 본인만 모른 채
김치통은 냉장고 밖에서 망각한 손을 노엽게 응시하고
대꾸할 명분도 허락지 않는 회초리 엄포로
주눅 들게 하던 철 지난 위엄을

여태도 고수하네

말만 나오면 살림이 그나마
'나 때문에 이만큼이나 된 줄 알라!'는
얄짤없는 극우의 통치 방식이네
아직도 줄기차게 당신 아니면 안 된다며
'시키면 시키는 대로'를 강요하네

이상한 가족 소풍

명절 두어 번 빼고는 연중무휴 출근하던 때
아홉 살 아들의 투정에 급조된
이상한 가족 소풍 이야기

기계 속에서 갑자기 솟아오른 산소 불꽃이
허벅지에 옮겨붙어
화상 당한 적 외에는 쉬어본 적 없는 휴일을
만회해보려는 소풍

일터가 눈앞에 보이는 산기슭에 부려놓자
아이 둘과 아내와 노모가 시들어가는 진달래꽃처럼 흩어지고

그래도 모처럼 환한 얼굴로 노을 등지고 돌아온 날은
'아버지가 일요일도 없이 일하러 가서 같이 놀아주지 못하니까, 일기 쓸 거리가 없어 못 쓴다'던 막내의 일기장이 환하게 웃고 있었네

초승달 눈꼬리

시퍼렇게 얼어붙은 하늘가
초승달 눈꼬리가 겹치는 거리만큼
떠나온 시간이 아득해

반갑다 두 손으로 덥석 잡으니
초승달 눈꼬리가 날카롭게
여린 손바닥을 베고 가네

꼬옥 품을수록 깊이 베이는 달

손바닥을 들여다보면
베인 자국 깊숙이 기억조차 아스라한 아버지
초저녁 이마 같은 초승달이
저만치 떠 있네

아까운 저 꽃들

아! 아까운 저 꽃들, 저렇게라도 한때
열렬히 피어가자는 것을

제복 입은 아파트 경비원이
튼튼한 촉수가 달린 대빗자루로 싹싹,
무심코 쓸어내버리네

보도블록 위로 흥건히
떨어져 내리는 꽃비 자국을 지우며
나도 저런 억센 촉수로
사소한 목숨들 몰아낸 적 있으리라

다리가 없어 못 가는 나무들은
가고픈 곳마다 꽃씨를 피워 날려 보내느니
그 씨앗들 어디쯤 날아가 다시 꽃 피우고 있을까

병실에 갇혀 지내는 나에게

서로 기약 없는 안부를 물으며 꽃이 지네

새들도 비상할 땐 두 발을 감춘다

다급한 고향의 부음을 받고 간다

서울의 무거운 신발을 털며
너털너털 동대구역에서 내려, 지나는 아양교
마부가 되어 채찍질하던 아버지의 청춘이
새털구름으로 내걸린 하늘가

안심*에서 자랐어도
안심하지 못했던 유년의 짧은 다리를 감춘 채
낯선 공단 아슬하니 떠돌다 돌아오는 길

금호강을 가로지르는
새들도 비상할 땐 두 발을 감춘다

하늘이 터전인 새들은
죽어서는 날개를 접고 지상으로 돌아오고

지상을 경작하던 인간들은

죽어서는 새가 되어 하늘로 돌아가자 하네

* 안심 : 지금은 대구시 동구, 이전에는 경산군 안심읍에 속했던 지명.

다 떠나거라

다 떠나거라
꽃 지고 봄비 내리는데
누가 나를 떠나야 한다면
한순간 숨이 멎는 시만 남고
다 떠나거라
밤 지새워 나를 몸 떨게 하는 시만 남고
꽃 진 자리
파릇한 나뭇가지마다 옮겨 앉으며
지루한 아침을 기다리는
새가 되어도 좋아라

내리는 눈발처럼

내리는 눈발처럼 되돌아보지도 말고
발자국이 다 잠기도록 밤새워 걷다 보면
그대에게 가 닿는 길이다
그리 믿는다

긴 밤 지새워
환한 달빛 더듬어 걷다 보면
아득히 키 낮은 지붕들이
쌓인 눈 베고 누워 도란도란

따스한 불빛들이 스미어 나오는 곳

가다가 넘어지면 눈 툭툭 털고 일어나
다시 걸어가는 길
그대에게 가 닿는 길이다
그리 믿는다

노동하는 생명, 생명의 노동

진기환

1.

정원도는 「시인의 말」에서 자신의 이번 시집에 대해 다음과 같이 말한다.

> 제2시집 『귀뚜라미 생포 작전』(2011) 출간 이후 기계 정비 작업 중 불의의 낙상 사고를 당하였다. 뇌내출혈로 오랫동안 병원 신세를 지게 되면서 향후 인지장애나 기억력 손상이 나타날지도 모른다는 의사의 경고가 있었다.
>
> 그런 다급한 우려로 긴 세월 가슴에 묻어둔 채 '언젠가는 써야지' 하며 미뤄두었던 자전적 이야기 시 『마부』를 쓰게 되었고, 주변의 독려로 그 후속편인 『말들도 할 말이 많았다』를 내었다. 그 바람에 10여 년이 지나서 두 시집 이전의 시들을 이렇게 정리하게 된 것이다.

이에 따르면 이번 시집 『나는 그를 지우지 못한다』는 시기상으로는 『말들도 할 말이 많았다』에 이어지는 시집이지만, 시적 맥락과 성격은 『귀뚜라미 생포 작전』에 더 가까운 시집이라 할 수 있다. 실제로 그의 시를 천천히 읽어보면 이번 시집 『나는 그를 지우지 못한다』는 『귀뚜라미 생포 작전』과 유사한 지점들이 많다. 우선 그의 시의 원천이라고 할 수 있는 노동이 시의 중심에 자리하고 있다는 점이 그렇지만, 기름, 볼트, 나무, 하느님 등의 시어가 공통적으로 쓰인다는 점에서도 그렇다. 『마부』와 『말들도 할 말이 많았다』가 자전적 성격을 가지고 있는 "개인과 사회의 고현학"[1]이라는 점을 상기한다면, 『나는 그를 지우지 못한다』와 『귀뚜라미 생포 작전』과는 일견 궤를 달리하는 것처럼 보인다.

그러나 한 시인의 시세계는, 확장되고 변주될지언정 기본적으로는 '시인'이라는 같은 세계관을 공유한다. 재현의 양상에 차이가 있을 뿐, 시인의 경험과 사상을 기본삼고 있다는 점에서는 같다. 그러므로 한 인간의 삶이 극적으로 달라지지 않은 이상, 대부분의 경우 시는 그 방법과 속도가 다를지는 몰라도 같은 방향을 향해 나아간다. 정원도에 국한해 말해보자. 그의 '말 연작' 시집들은 자전적 경험에 그 밑바탕을 두고 있는데, 그 경험은 대부분 노동에 관한 것들이다. 이번 시집

1 김응교, 「정직과 땀내로 받아쓴 말(馬)의 말(言)」, 『말들도 할 말이 많았다』 해설, 천년의 시작, 2023, 139쪽.

과 『귀뚜라미 생포 작전』은 노동에 그 중심을 두고 있는데, 시집에서 다루는 노동은 대부분 시인의 자전적 경험에 의한 것이다. 그런 점에서 어디에 조금 더 방점이 찍혀 있느냐의 차이일 뿐 정원도의 시는 기본적으로 노동에 관한 사유를 근간 삼는 시들이라 할 수 있다. 그렇다면 중요한 것은 우선 그의 시에 노동이 어떠한 방식으로 그려져 있는지에 대해 살피는 것이다. 그것을 제대로 살핀다면 자연스레 그가 생각하는 노동이 무엇인지에 대해서도 알 수 있을 것이다. 여기에서 더 나아간다면 그가 생각하는 올바른 노동과 올바른 삶에 대해서도 알 수 있을 것이다. 그것을 알게 될 때 우리는 정원도라는 시인의 시세계를 더 깊이 이해하게 될 것이다.

2.

정원도의 노동에 대해 말하기 위해서는 정원도 시를 관통하는 또 다른 테마에 대해 말해야 한다. 그것은 바로 '생명'이다.[2] 정원도는 꾸준히 생명의 소중함에 대해 말해왔는

---

2 정원도 또한 자신의 시를 '생명'을 위한 시라고 말한 바 있다. "굳이 내 시를 한마디로 요약하자면 '생명'이다. 나는 이 지상과 우주 속에 공존하고 있는 모든 생명들이 다 함께 조화롭게 잘 살 수 있는 세상을 꿈꾼다." 정원도, 『귀뚜라미 생포 작전』, 푸른사상사, 2011, 5쪽.

데, 이번 시집에서는 생명을 말하는 방식에서 이전 시집들과의 차이가 감지된다. 이전 시집들에서 생명이 마땅히 지켜야 하는 다소 당위적인 존재로서의 성격을 가지고 있었다면, 이번 시집에서는 존재론적 물음을 불러일으키는 것으로서의 성격을 가지고 있다. 이는 아마 낙상 사고로 인해 죽음의 문턱까지 갔던 시인의 경험이 시에 녹아든 것이리라. 위에서 나는 이번 시집에서 다뤄지는 노동들 또한 시인의 자전적 경험에 의한 것이라 했는데, 그것은 바로 여기에 기인한다.

> 아무것도 기억나지 않았네
>
> 포탄 쏟아지는 전쟁터를 막 헤치고 나온 행색으로
> 고장 난 기계 옆에 털버덕 널브러져
> 내가 고장 나 주저앉았는데
> 황급히 달려온 거래처 누군가와
> 알 수 없는 몇 마디 교신을 끝으로 뚜——!
>
> 혼미해진 정신 줄이 끊어진 그 순간부터
> 막막한 의식불명이 시작되었고
> 구급차가 도착하고 의식을 깨워보니
> 무의식중에 스스로 일어나 들것에 눕더라니
> 눕더니 또 영영 기척이 없더라니

지방 병원을 거쳐, 서울로 향하던 중에도
머나먼 길 돌아오지 않는 의식은
또 어디를 얼마나 헤매었을까!
남편의 사고 소식에 까맣게 타던 아내가
허공에 매달려 초조하게 대기하던 응급실에서
사소한 기억조차
남김없이 사라진 이후

창문 너머로는 또 다른 생애가 재생되고 있었네

—「낙상(落傷) 1」 전문

정원도 시의 화자는 목숨을 잃을지도 모른다는 공포, 그 "피안의 언덕"(「피안의 언덕」) 앞에서 살기 위해 애쓴다. 그리고 "가슴 일렁이던 여인"(「낙상(落傷) 3」)을 기억하지 못하는 것에 안절부절못하며, 소중한 사람과 자신의 삶을 기억하기 위해 애쓴다. 소중한 사람을 기억하지 못한다는 것, 그것은 "이승에서는 전혀 가본 적 없는 곳"(「낙상(落傷) 4」)처럼 낯설고 고독한 것이다. 살아온 삶에 대한 부정과, 자신의 존재에 대한 근원적 회의를 낳는다. 아직 그 언덕을 넘은 것은 아니니 죽은 것은 아니지만, 처음부터 자신의 삶의 의미를 다시금 차곡차곡 쌓아나가야 한다. 정원도 시에 하느님이 자주 등장하는 이유는 바로 이러한 맥락 때문인 것으로 읽힌다. 그의 시에서 하느님은 종교적 믿음의 대상이라기보다는 그가 던지는 존재론적 물음의 수신자다. 그는 "하느님도 뇌혈관이 막혀 어칠비칠 길을 잃었을까"(「뇌를 앓다」)라며 자신이 현재 처한 상황에서 자신의 생명을 어떠한 방향으로 이끌어가야 할지에 대해 묻는다. 그러나 하느님은 답을 주지 않는다. 하느님은 무너져 "외로운 저 겨울밤"과 "무너져 내리는 슬픔 참지 못하고" 눈을 날리고 산비알에 숨을 뿐이다(「폭설」). 정원도의 시에 등장하는 하느님이 종교적인 존재가 아니라고 한 이유는 바로 이 때문이다. 정원도는 물을 뿐 답을 기다리지 않는다. 하느님의 답을 기다리기에 우리는 "노동에 함몰"(「파산」)되어 있고, 그런 노동을 견디며 "달아오른 콘크리트 바닥에/머리를 짓찧으며/피 철철 흘리며 그래도 가야"(「지렁이 같은 시(詩)」) 하기 때문이다.

3.

그러면 다음과 같은 물음이 저절로 따라온다. 그런 길을 어떻게 갈 수 있는가. 존재에 대해 회의하면서도 생명을 포기하지 않는 길, 다시 말해 "살아날 것만 거두는 단호함과/죽어가는 것도 품으려는 측은함이 벌이는" 공존(「한 지붕 공존법」)은 어떻게 가능한 것인가. 정원도는 그런 길은 노동을 통해 갈 수 있다고 말한다. 노동? 그가 기계 정비를 하다가 낙상 사고를 당했다는 점을 상기한다면, 노동을 통해 삶과 죽음을 통합하고자 했다는 것이 쉽사리 이해가 가지 않을 수도 있다. 이를 이해하기 위해선 우선 그의 시에서 노동이 어떤 의미를 지니는가를 살펴볼 필요가 있다.

정원도의 시에서 노동은 "끝끝내 우울할 틈조차 없이/기계와 한 몸이 되어 얼싸안고 뒹굴"(「야간 정비복」)더라도 해야만 하는 것이다. 그래야만 생계를 유지하고, 생명을 보존할 수 있기 때문이다. 그에게 노동은 생명을 유지하기 위해 반드시 필요한 것이다. 다시 말해 그에게 생명은 노동하는 존재다. 생명을 가지고 있다면 노동을 하는 것이 응당 당연하므로, 그에게는 꽃과 동물(「거룩한 노동」)도 코끼리(「코끼리 노동자」)도 모두 노동하는 존재들이다.[3] 그에게 노동과 생명은 떼려야 뗄 수 없는 짝패인 셈이다. 정원도의 자전적 시에 노동에 대한 경험이 그려지고, 노동에 대한 시에 자전적 경험이 투영된 것은 바로 이 점 때문일 것이다.

그런데 노동을 해야지만 생명을 유지할 수 있는 것, 거기에는 문제가 하나 숨어 있다. 노동의 조건이 불평등하다는 점이다. 지배 권력은 노동을 통해 노동자들의 삶을 옥죄고 통제하고(「낙인」), 노동자들은 거기에서 살아남기 위해 자신을

---

3 그의 이전 시집에 수록된 「말의 역사」(『말들도 할 말이 많았다』), 「한우와 나」(『귀뚜라미 생포 작전』) 같은 작품들을 보면, 그가 예전부터 동물들을 노동하는 존재로 파악해왔음을 알 수 있다. 한편 「말의 역사」에는 다음과 같은 문장이 있다. "마르크스도 노동하는 동물은 노동자로 보지 않았지만/말 못하는 말들도 태업으로 항변했네".

더 극한으로 몰고 간다. 거기에는 필연적으로 차별이 깃든다. 물은 수평을 맞추지만(「물은 언제나 수평을 지향한다」), 물을 마시며 살아가는 생명들은 차별 앞에서 어찌할 수가 없다.

한 나무가 꽃을 피우는 데도
정규직과 비정규직 나누어 핀다

양지바른 곳이나
바람 좋은 곳에서 피우는 꽃은
정규직으로 활짝 잘도 피고

그늘진 가지 끝이나
바람도 길이 막힌 막다른 구석이나 겨우
비집고 앉은 꽃자리는 늘 시들하니
제대로 피워보지도 못하는 비정규직

화려하게 꽃을 피우는 벚나무들도
양지꽃과 음지꽃의 차별은 어쩌지 못한다

—「정규직과 비정규직 사이」 전문

식물들 또한 정규직과 비정규직으로 나뉜 세상, 이런 세상에서 인간은 어떠한 노동을 하며 살아가야 할까. 특히나 생명을 노동하는 존재로 파악하고 있는 정원도에게 이런 세상은 견디기 힘든 것이리라. 살기 위해서는 노동을 해야 하는데, 노동을 하면 더 살기 힘들어지는 괴리와 역설. 이 괴리와 역설은 위에서 언급한 존재에 대해 회의하면서도 생명을 포기할 수 없는 태도가 가진 역설과 그 구조가 같다. 이 괴리와 역설에 대해서는 일찍이 마르크스가 지적한 바 있다. 마르크스는 노동을 '사용가치를 생산하기 위한 합목적적인 활동', '인간과 자연 사이의 물질대사의 보편적인 조건', '인간 생활의 모든 사회형태에 똑같이 공통된 것', '인간의 욕구를 충족시키기 위한 자연물의 취득'이라 분석했다.[4] 그에 따르면 노동은 인간의 목적을 달성하기 위한 활동이기도 하지만, 그 자체로 욕구를 충족시키는 것이기도 하다. 매번 발생하는 더 높은 수준의 욕구를 충족시키기 위해서는 어떻게 해야 하는가. 그 방법은 단순하다. 더 높은 강도의 노동을 더 오래 하면 된다. 그런데 자본주의 사회 안에서의 노동은, 그러한 욕구 충족의 활동이 아니라 잉여가치를 창출하기 위한 활동으로 전락한다. 노동을 할수록 노동자는 착취당하고 자신의 욕구를 충족할 기회는 박탈당한다. 마르크스는 이러한 "궁핍과 외적 유용성에 의해 결정된 노동"[5]이 중지될 때, 노동의 괴리와 역설에서 벗어난 "자유의 왕국"이 시작된다고 말했다. 그러나 불행하게도 '지금-여기'를 살고 있는 우리는 마르크스

---

4 칼 마르크스, 『자본』, 강신준 역, 도서출판 길, 2012, 265~273쪽.

5 칼 마르크스, 『자본』; 고쿠분 고이치로, 『인간은 언제부터 지루해졌을까』, 최재혁 역, 한권의책, 2014, 173쪽에서 재인용.

가 말한 '자유의 왕국'이 자본주의 너머의 것이며, 그것이 우리의 현실에서는 실현 불가능한 것임을 알고 있다. 정원도 또한 그 사실을 알고 있다. 아마도 그것을 알고 있기 때문에 아마도 그는 자신이 느끼는 괴리와 역설 앞에서 더 괴로웠으리라.

여기에서 벗어날 수 있는 방법은 없는 것일까. 세상을 근본적으로 변혁시키지 않는 한 거기에서 완전히 벗어나는 것은 불가능하다. 애석하게도 "세계는 늘 억지 쓰며/무력을 행사하는 자들이 지배"(「낙인」)하고, 거기에 저항하는 사람들을 교묘한 방식으로 배제한다. 체제를 공고히 유지하여 변혁보다는 체제 안에서 살아남는 일을 골몰할 수밖에 없게 만든다. 이러한 체제에 맞서는 방법은 크게 두 가지다. 체제에 정면으로 저항하는 것과 적극적으로 체제의 일원이 되어 그 안에서 균열을 가하는 것. 정원도의 시는 차별에 대해 부정적인 인식을 갖고 있으면서도 차별 안에서 노동을 하고, 노동현장과 노동자의 곤궁한 삶에 대해서는 말하면서도 사회에 대한 적의 같은 것들이 전면에 내세우지는 않는다는 점에서 일견 후자에 가까워 보이지만, 정원도의 시가 지향하는 세계는 전자다.

> 확대 현미경에 나타난 모습이 꼭 메기 같네
> 뱀의 혀를 날름거리며 물에서 서식하다가

물놀이하는 소녀의 코로 들어가
단숨에 뇌를 갉아먹었다니

감염 치사율이 십억 분의 일이라고
익사에 비하면 희박한 확률이라고 방심하는 사이
그런 흉측한 미물까지 창조되는 저의에 몸서리친다
유인원의 두개골을 따고
숟가락으로 뇌를 파먹는 잔인한 종에게 내리는
천벌이다

혹이라도 당신의 뇌가
그 아메바에게 파먹히지 않으려면
수상한 공장 폐수나 짐승의 뇌를 파먹은 배설물로
오염된 하천에서 멱을 감지 말라
멱을 감으려거든, 그런 오염을 방관하지 말라

―「뇌 먹는 아메바」 전문

인용한 시는 노동에 관련된 시는 아니다. 인간이라는 종의 잔인함과 비윤리성을 폭로하는 시다. 그러나 차별적인 노동 환경을 조성하고 노동자를 착취하는 삶의 구조를 모두 인간이 만들었음을 상기한다면, 위 시는 우리 사회의 비윤리성에 대한 시로 읽을 여지가 있다. 그럴 경우 마지막 두 행은 다음과 같이 읽힌다. 이미 세상은 오염되었다. 그런데 살기 위해선, 생명을 보존하기 위해선 오염된 하천에서 멱을 감을 수

밖에 없다. 오염된 하천에서 멱을 감을 경우 '나'가 오염된다는 것은 자명한 사실이다. 정원도는 그럼에도 멱을 감을 수밖에 없다면, 다시 말해 비윤리적인 세상 안에서 살아갈 수밖에 없다면 그것을 방관하지 말라고 선언한다. 그것을 방관하지 않을 때야만 제대로 된 하천에서 멱을 감고, 제대로 된 사회 안에서 노동하고 생명을 보존할 수 있을 것이다. 오염된 세상을 방관하지 말자는, 어찌 보면 지극히 평범해 보이는 태도, 이 태도는 변혁에 대한 열망을 꺾고 오염을 자명한 것으로 받아들이고 사는 우리 시대에 필요한 태도일지 모른다. 정원도 또한 이러한 태도가 실현될 가능성이 적다는 것을 알고 있지만, 그것을 마음 안에서 포기하지 않는다. 마치 "쓸모없어진 그의 연락처를" 끝끝내 지우지 못하는 것처럼 말이다(「나는 그를 지우지 못한다」).

어쩌면 이런 태도는 '지금-여기'의 현실과는 걸맞지 않는 태도처럼 보일지 모른다. '지금-여기'의 질서는 더욱 빠르고 교묘한 방법으로 우리의 생명과 노동을 통제한다. 내 안에 있는 욕망에 솔직해지라는 교묘한 유혹을 통해, 인간 스스로 노동의 굴레에 뛰어 들어가게끔 만든다. 그럼으로써 '지금-여기'의 사회는 노동자가 싸워야 할 적이 자본가인지, 동료 노동자인지, 노동자 자신인지, 아니면 사회 구성원 모두인지 명확한 판단이 서지 않게 만든다. 이런 상황에서 과거 노동운동의 향수가 배어 있는 것 같은 저항 정신을 내세우는 것은 다소 시대와 맞지 않는 것처럼 보이기도 한다. 그러나 그 방법과 방향성은 시대에 맞게 바꿀지언정, 우리 마음속의 저항 의지를 꺾어서는 안 된다. 정원도는 "선불리 질주하는 세상에 일대 타격"(「농성」)을 가하기 위해선 그 의지를 꺾으면 안 된다는 사실을 시를 통해 말하고 있다. 아마도 그는, 살아 있는 한, 노동하는 한 그 의지를 꺾지 않을 것이다. 그 의지를 자신의 것으로 만드는 일은, 이제 독자의 몫이다.

陳起煥 | 문학평론가

푸른사상 시선

1 광장으로 가는 길 | 이은봉 · 맹문재 엮음
2 오두막 황제 | 조재훈
3 첫눈 아침 | 이은봉
4 어쩌다가 도둑이 되었나요 | 이봉형
5 귀뚜라미 생포 작전 | 정원도
6 파랑도에 빠지다 | 심인숙
7 지붕의 등뼈 | 박승민
8 살찐 슬픔으로 돌아다니다 | 송유미
9 나를 두고 왔다 | 신승우
10 거룩한 그물 | 조항록
11 어둠의 얼굴 | 김석환
12 영화처럼 | 최희철
13 나는 너를 닮고 | 이선형
14 철새의 일인칭 | 서상규
15 죽은 물푸레나무에 대한 기억 | 권진희
16 봄에 덧나다 | 조혜영
17 무인 등대에서 휘파람 | 심창만
18 물결무늬 손뼈 화석 | 이종섶
19 맨드라미 꽃눈 | 김화정
20 그때 나는 학교에 있었다 | 박영희
21 달함지 | 이종수
22 수선집 근처 | 전다형
23 족보 | 이한걸
24 부평 4공단 여공 | 정세훈
25 음표들의 집 | 최기순
26 나는 지금 운전 중 | 윤석산
27 카페, 가난한 비 | 박석준
28 아내의 수사법 | 권혁소
29 그리움에는 바퀴가 달려 있다 | 김광렬
30 올랜도 간다 | 한혜영
31 오래된 숯가마 | 홍성운
32 엄마, 엄마들 | 성향숙
33 기룬 어린 양들 | 맹문재
34 반국 노래자랑 | 정춘근
35 여우비 간다 | 정진경
36 목련 미용실 | 이순주
37 세상을 박음질하다 | 정연홍
38 나는 지금 외출 중 | 문영규
39 안녕, 딜레마 | 정운희
40 미안하다 | 육봉수
41 엄마의 연애 | 유희주
42 외포리의 갈매기 | 강 민
43 기차 아래 사랑법 | 박관서
44 괜찮아 | 최은묵
45 우리집에 왜 왔니? | 박미라
46 달팽이 뿔 | 김준태
47 세온도를 그리다 | 정선호
48 너덜겅 편지 | 김 완
49 찬란한 봄날 | 김유섭
50 웃기는 짬뽕 | 신미균
51 일인분이 일인분에게 | 김은정
52 진뫼로 간다 | 김도수
53 터무니 있다 | 오승철
54 바람의 구문론 | 이종섶
55 나는 나의 어머니가 되어 | 고현혜
56 천만년이 내린다 | 유승도
57 우포늪 | 손남숙
58 봄들에서 | 정일남
59 사람이나 꽃이나 | 채상근
60 서리꽃은 왜 유리창에 피는가 | 임 윤
61 마당 깊은 꽃집 | 이주희
62 모래 마을에서 | 김광렬
63 나는 소금쟁이다 | 조계숙
64 역사를 외다 | 윤기묵
65 돌의 연가 | 김석환
66 숲 거울 | 차옥혜
67 마네킹도 옷을 갈아입는다 | 정대호
68 별자리 | 박경조
69 눈물도 때로는 희망 | 조선남
70 슬픈 레미콘 | 조 원
71 여기 아닌 곳 | 조항록
72 고래는 왜 강에서 죽었을까 | 제리안
73 한생을 톡 토독 | 공혜경
74 고갯길의 신화 | 김종상
75 고개 숙인 모든 것 | 박노식
76 너를 놓치다 | 정일관

77 눈 뜨는 달력 | 김 선
78 거꾸로 서서 생각합니다 | 송정섭
79 시절을 털다 | 김금희
80 발에 차이는 돌도 경전이다 | 김윤현
81 성규의 집 | 정진남
82 번함 공원에서 점을 보다 | 정선호
83 내일은 무지개 | 김광렬
84 빗방울 화석 | 원종태
85 동백꽃 편지 | 김종숙
86 달의 알리바이 | 김춘남
87 사랑할 게 딱 하나만 있어라 | 김형미
88 건너가는 시간 | 김황흠
89 호박꽃 엄마 | 유순예
90 아버지의 귀 | 박원희
91 금왕을 찾아가며 | 전병호
92 그대도 내겐 바람이다 | 임미리
93 불가능을 검색한다 | 이인호
94 너를 사랑하는 힘 | 안효희
95 늦게나마 고마웠습니다 | 이은래
96 버릴까 | 홍성운
97 사막의 사랑 | 강계순
98 베트남, 내가 두고 온 나라 | 김태수
99 다시 첫사랑을 노래하다 | 신동원
100 즐거운 광장 | 백무산 · 맹문재 엮음
101 피어라 모든 시냥 | 김자흔
102 염소와 꽃잎 | 유진택
103 소란이 환하다 | 유희주
104 생리대 사회학 | 안준철
105 동태 | 박상화
106 새벽에 깨어 | 여국현
107 씨앗의 노래 | 차옥혜
108 한 잎 | 권정수
109 촛불을 든 아들에게 | 김창규
110 얼굴, 잘 모르겠네 | 이복자
111 너도꽃나무 | 김미선
112 공중에 갇히다 | 김덕근
113 새점을 치는 저녁 | 주영국
114 노을의 시 | 권서각
115 가로수의 수학 시간 | 오새미
116 염소가 아니어서 다행이야 | 성향숙
117 마지막 버스에서 | 허윤설
118 장생포에서 | 황주경
119 흰 말채나무의 시간 | 최기순
120 을의 소심함에 대한 옹호 | 김민휴
121 격렬한 대화 | 강태승
122 시인은 무엇으로 사는가 | 강세환
123 연두는 모른다 | 조규남
124 시간의 색깔은 자신이 지향하는 빛깔로 간다 | 박석준
125 뼈의 노래 | 김기홍
126 가끔은 길이 없어도 가야 할 때가 있다 | 정대호
127 중심은 비어 있었다 | 조성웅
128 꽃나무가 중얼거렸다 | 신준수
129 헬리패드에 서서 | 김용아
130 유랑하는 달팽이 | 이기헌
131 수제비 먹으러 가자는 말 | 이명윤
132 단풍 콩잎 가족 | 이 철
133 먼 길을 돌아왔네 | 서숙희
134 새의 식사 | 김옥숙
135 사북 골목에서 | 맹문재
136 왜 네가 아니면 전부가 아닌지 | 정운희
137 멸종위기종 | 원종태
138 프엉꽃이 데려온 여름 | 박경자
139 물소의 춤 | 강현숙
140 목포, 에말이요 | 최기종
141 식물성 구체시 | 고 원
142 꼬치 아파 | 윤임수
143 아득한 집 | 김정원
144 여기가 막장이다 | 정연수
145 곡선을 기르다 | 오새미
146 사랑이 가끔 나를 애인이라고 부른다 | 서화성
147 더글러스 퍼 널빤지에게 | 백수인
148 나는 누구의 바깥에 서 있는 걸까 | 박은주
149 풀이라서 다행이다 | 한영희
150 가슴을 재다 | 박설희
151 나무에 기대다 | 안준철
152 속삭거려도 다 알아 | 유순예
153 중딩들 | 이봉환
154 수평은 동무가 참 많다 | 김정원
155 황금 언덕의 시 | 김은정
156 고요한 세계 | 유국환

정원도 시집

● ● ●

나는 그를 지우지 못한다